Les p'tits
FANTASTIQUES

L'école ensorcelée

Catherine Moreau

Illustrations de couverture
et d'intérieur :
Dominique Cordonnier

MAGNARD *JEUNESSE*

Collection animée par Jack Chaboud

À mes enfants, Jules et Adrien
À Simon et Quentin.

Imprimé et relié en France par ***Partenaires-Livres*** ®
Dépôt légal : janvier 2000 - N° d'éditeur : 2000/005

1

« SEPT fois deux égale neuf … euh… quatre fois quatre égale… huit !…

— Lionel ! c'est n'importe quoi ! s'est écriée la maîtresse. Tu n'as pas appris tes tables, je te mets zéro. Sais-tu au moins ta récitation ?

— Heu… non, m'dame, j'l'ai pas apprise… et puis… j'ai autre chose à faire, après tout.

— Lionel ! quelle insolence ! que t'arrive-t-il ? Vraiment, je ne te reconnais pas. Tu viendras me voir après la classe. »

Effectivement, il y avait de quoi être étonné. Lionel était le meilleur de nous tous : dix de moyenne générale. Mais, depuis quelque temps, on aurait dit qu'il n'était plus le même. À part additionner les zéros et multiplier les punitions, il n'était guère plus capable d'autre chose. Il était tout simplement en train de devenir un vrai cancre.

Le plus bizarre, c'est que dans la classe de l'autre maîtresse, madame Dutilleul, la même chose était en train de se produire. Xavier, le meilleur élève du CE1, ne faisait plus ses devoirs. Très sage auparavant, il était devenu soudain très dissipé, et lui aussi semblait ne plus rien vouloir retenir. Je crois même que la directrice avait convoqué ses parents.

Curieusement, d'autres bons élèves prenaient le même chemin ; ils n'apprenaient plus leurs leçons, devenaient turbulents, et ne pensaient qu'à faire des bêtises. C'était assez rigolo, c'est sûr, mais bizarre, quand on essayait d'y réfléchir un peu.

Et puis, un samedi matin, notre propre maîtresse, Madame Dubouleau, d'habitude si sévère, a annoncé avec un grand sourire :

« Je n'ai pas envie de travailler, ce matin. Faites ce qu'il vous plaît. Moi, je vais faire une réussite. »

Il y a eu un petit silence, puis, nous, on n'a pas cherché à comprendre, on en a profité, un point c'est tout. Il y avait un sacré chahut dans la classe et ça ne semblait pas la déranger. À midi, on est partis en week-end et on n'y a plus repensé.

Mais à partir du lundi, les choses se sont gâtées. Ce matin-là, dans la cour, les réflexions allaient bon train.

« Madame Duchêne est arrivée pieds nus ! disait Thomas, riant encore au souvenir de ce spectacle inédit.

— Ouais, avec Monsieur Duthuya,

on travaille plus du tout. Il nous apprend à fabriquer des boulettes en papier pour canarder les copains par la fenêtre de la classe !

— Wouah ! Trop bien ! Nous aussi, figurez-vous que notre maîtresse nous a fait jeter tous nos cahiers dans une grande poubelle qu'elle a apportée.

— Wouah ! Trop classe ! »

Toute la récréation était en effervescence. Les enfants, excités, riaient beaucoup.

Ça a duré comme ça une semaine, et on peut même dire que ça allait en s'aggravant. Tous les jours, un nouveau maître, une nouvelle maîtresse ou un nouvel élève changeait complètement de comportement. Peu de classes travaillaient encore. Une vraie folie !

On s'est bien amusés, vraiment, au début. C'était plutôt cool, il faut bien le dire ; mais au bout de quelque temps, on a quand même commencé à s'inquiéter. Cette école ressemblait un peu à un asile de fous.

Si l'on passait par hasard devant la fenêtre d'une classe, on pouvait apercevoir une maîtresse sautant sur un bureau ou des enfants jouant aux fléchettes avec un maître déguisé en Indien. Le pire, c'est que presque tout le monde semblait trouver ça normal.

À part la directrice, bien sûr, qui s'arrachait les cheveux, en signe d'impuissance, je crois.

Et puis, le jour où monsieur Dusapin, le maître le plus sévère de l'école, le plus craint, le plus redouté, est arrivé en classe avec une mallette de billes et s'est assis par terre en disant « j'te joue », on a vraiment compris, mes copains et moi, que quelque chose d'anormal était en train de se passer. Bizarrement, on n'avait plus envie de rire, maintenant. Et à force de rentrer chez nous, le soir, avec nos cartables qui ne servaient plus à rien, on commençait à se sentir un peu tristes. Non, quelque chose ne tournait pas rond. Les élèves devenaient idiots, les maîtres devenaient fous, ça ne pouvait plus continuer comme ça. Ce qui nous avait fait tant rire au début devenait franchement alarmant… Très vite, on n'a plus vu qu'une solution ; c'était clair : il fallait de toute urgence réunir le J.S.Q.A.

2

LE J.S.Q.A., c'est une idée à nous, l'emblème de notre clan, les initiales de nos quatre prénoms : Jules (c'est moi), Simon, Quentin, et mon frère jumeau Adrien. On en est très fiers ! Tu parles, on a déjà résolu plein d'énigmes ensemble ; et quand quelqu'un à l'école a besoin de nous, on est toujours prêts. C'est un peu comme Bruce Wayne quand il se transforme en Batman. Nous, la force, on la tire de notre réunion ; à quatre, on est plus forts et plus intelligents ! Forcément, quatre cerveaux comme les nôtres qui travaillent, ça fait des étincelles ! Bref, quand on « entre en service », rien ne peut nous résister. Mais chut ! Ça doit rester un secret. PERSONNE ne doit être au courant. On agit toujours incognito, comme Batman.

Donc, à la récréation de midi, on s'est réunis tous les quatre dans un coin et on est tombés d'accord sur le fond. Il fallait agir, sinon, à l'allure où ça allait, l'école allait devenir une école de cirque, et nous, de vrais petits singes, c'est sûr…

Alors, comme chaque fois, on a fait un cercle et posé nos mains les unes sur les autres. Puis, solennellement, on a proféré la formule sacrée :

« Bille de verre, bille de bois,
Le J.S.Q.A. vaincra ! »

Ensuite la sonnerie a retenti et nous avons regagné nos classes.

La journée nous a paru interminable. Il a fallu jouer aux billes encore et encore, à « chat » sur les tables avec madame Dutilleul, qui a fait un caprice pour être le chat, et chanter à tue-tête « les cahiers au feu et les maîtres au milieu » sous la direction de monsieur Delaflûtenbois, notre professeur de chant, qui lui aussi présentait tous les symptômes de la folie.

Enfin ç'a été l'heure de la sortie. Nous nous sommes rués vers la cabane qui nous servait de Q.G., et où nous

nous étions donné rendez-vous. C'est là, dans cette petite maison en planches que nos pères nous avaient aidés à construire, que se tenaient nos réunions les plus secrètes, là où nous avions élaboré nos plans les plus fous au cours de nos précédentes aventures. Nous nous tenions assis, finissant notre goûter sur de petits bancs de bois.

« La situation est grave, a dit Simon.

— Gravissime ! a ajouté Quentin.

— Il faut savoir ce qui se passe ! s'est écrié Adrien.

— Absolument ! » ai-je confirmé.

On a gardé un moment le silence, réfléchissant chacun de notre côté. On entendait la pluie qui s'était mise à tomber, martelant doucement notre abri de bois.

Quand on est rentrés chacun chez nous, un peu plus tard, pour le dîner, notre plan était sur pied ! Demain serait le jour J. Voilà en gros ce qui se passerait. Adrien et moi nous laisserions enfermer dans l'école à l'heure de la sortie. Quand la nuit tomberait, on viendrait ouvrir à Simon et Quentin qui trouveraient bien un moyen discret de s'échapper de chez eux. On ne doutait pas que cette nuit entière passée dans l'école apporterait toutes les réponses à nos questions. On allait enfin découvrir le comment du pourquoi de cette histoire de fous. On s'est quittés en se promettant de bien dormir cette nuit et de prendre des forces pour la prochaine, qui serait sûrement plus mouvementée.

3

POUR commencer, Adrien et moi, on a raconté à notre mère qu'on était invités à dormir chez Simon et que c'était sa maman qui viendrait nous chercher ce soir-là à la sortie de l'étude.

« Soyez bien sages, mes amours ! »

On a eu le cœur serré de mentir de la sorte, mais c'était pour la bonne cause, et on était sûrs qu'elle comprendrait, plus tard. Pour le moment, personne, absolument personne, pas même ELLE, ne devait soupçonner quoi que ce soit de notre plan. On avait une énigme sur les bras et, cette fois, je crois bien que c'était la plus incroyable que nous ayons jamais eu à résoudre. Plus que jamais, nous devions rester concentrés.

Voilà, pour nous, donc, c'était réglé. Restaient Simon et Quentin, qui devraient faire très attention à ne pas se faire repérer quand ils se sauveraient de chez eux à la nuit tombée, leurs parents endormis, pour venir nous rejoindre.

« Pourvu que tout se passe bien », m'a soufflé Quentin, l'air inquiet, quand nous nous sommes mis en rang pour entrer en classe, ce matin du jour J.

On était tous les quatre assez tendus à la perspective de ce qui allait se passer cette nuit. Tout le long de la journée, on n'a pas trop eu le cœur à jouer. Mais personne, heureusement, n'a remarqué nos mines maussades ; ils étaient tous bien trop occupés à toutes sortes de débilités !…

Six heures. L'heure de la sortie. Comme prévu, Adrien et moi, on s'écarte discrètement du rang et on se réfugie dans les toilettes. Madame Duchêne n'a rien vu. On est un peu essoufflés, notre cœur bat très fort. On se regarde. Petit à petit, les cris des enfants et les voix des maîtresses se dissipent. Puis on entend le gardien discuter avec la directrice. Leurs voix se font de plus en plus lointaines. Une porte claque, le bruit d'une clé, puis plus rien, le silence. On attend encore un peu, on ne sait jamais… non, rien. Il n'y a plus personne, l'école est vide maintenant, VIDE ! On se fait un clin d'œil, on dirait qu'on a réussi la première épreuve. Il va falloir maintenant rester cachés en attendant onze heures, heure à laquelle il est convenu que nous devons aller ouvrir la porte à Simon et Quentin.

Rien ne se passe, et la nuit tombe doucement. On a de la chance, il ne pleut pas ce soir. Quand tout est noir autour de nous, on regarde nos montres phosphorescentes.

« Onze heures ! Il faut y aller. »

Le plus discrètement possible, nous longeons les murs de la cour pour rejoindre la grande porte d'entrée.

« Toc toc. Toc toc toc. »

Deux petits coups suivis de trois autres, c'est le signal ! Ils sont là ! On tourne doucement le verrou. Ils entrent. On referme. Tout se déroule sans encombre. Pour le moment.

« O.K. les gars. Phase 3 du plan en action », dit Adrien.

Sans bruit, nous gagnons la classe de madame Dubouleau, au centre de l'école. Des larges fenêtres, on voit parfaitement toute la cour et elle possède une grande armoire, au fond, qui constitue une cachette excellente en cas de problème. Toujours dans le noir, nous prenons chacun notre place comme le prévoit le plan, afin d'avoir les yeux partout. Simon est sous le bureau de la maîtresse, moi, derrière l'étagère à dictionnaires. Quentin a réussi à se glisser dans un pupitre, et Adrien, derrière le rideau, guette par la fenêtre ce qui se passe dans la cour. La nuit est tout à fait tombée maintenant et le silence est épais. Pas une ombre ne bouge, on ne nous entend même pas respirer.

« Hé, les gars, ça va ?... chuchote l'un de nous.

— Brr..., ça me fiche froid dans le dos, répond un autre.

— C'est pas du tout rassurant !... » s'étrangle un troisième.

Moi, je réponds rien, mais j'en pense pas moins. Je pense à mon lit, à mon chien Touffu, à ma maison. On n'est pas des peureux, mais quand même, je voudrais vous y voir, la nuit, dans une école déserte. Les ombres des arbres du dehors qui courent sur les murs, le tableau noir encore plus noir, comme une grande gueule béante... et les douze coups de minuit qui soudain s'égrènent lugubrement dans le lointain...

« Chut ! ! ! »

C'est Adrien qui a parlé. Un frisson me parcourt. Mon cœur s'accélère.

« Venez voir ! Venez voir ! »

Nous quittons nos cachettes pour rejoindre celui-ci derrière le rideau ; il roule des yeux effarés.

« L'… l'… là ! L'… l'… l'… arbre ! ! ! »

Un pâle rayon de lune éclaire maintenant l'un des grands arbres de la cour, et ce que nous voyons nous fige sur place et nous glace le sang.

4

ON n'en croit pas nos yeux, on reste tous les quatre bouche bée… L'écorce du gros platane se soulève doucement, et… et… une chose VIVANTE en sort et se laisse glisser le long du tronc jusqu'au sol.

« Pincez-moi, les gars, je veux être sûr que je ne suis pas en train de rêver », dit Adrien.

Ce qui lui vaut aussitôt un pinçon de Quentin. Il pousse un petit cri étouffé.

Tandis que dehors, le spectacle continue. Car une deuxième petite chose descend à son tour de l'arbre, une troisième, une quatrième, cinq… six… sept ! Elles sont sept, identiques, esquissant une ronde autour de l'arbre, sept créatures non identifiées, aussi horribles que ridicules, autant que l'on puisse en juger de notre poste d'observation.

Petites, très petites, à peu près comme un rat se tenant sur ses pattes arrière, elles ont des yeux jaunes et ronds qui semblent éclairer dans la nuit. À part ça, elles ressemblent un peu aux lutins maléfiques qu'on rencontre seulement dans les contes. C'est inouï ! Indescriptible ! Finalement, c'est un peu comme un être humain miniature, avec une tête d'extra-terrestre. Mais… tiens… soudain on ne les voit plus… elles ont disparu ! On est encore en train de se demander si on a pas tous rêvé quand on entend des voix inhumaines et suraiguës qui se rapprochent, accompagnées de petits pas sautillants…

On dirait que ça vient par ici…

« Attention…CACHEZ-VOUS ! »

D'un coup, j'ai regagné mon étagère à dictionnaires, Quentin son pupitre, mais… malheur ! ! ! Simon n'a pas eu le temps de revenir jusqu'au bureau de la maîtresse ! Il est encore debout au milieu de la classe quand la lumière jaillit, le laissant seul et pétrifié face aux sinistres lutins de la cour. Devant l'horreur de la situation, on est prêts à intervenir, mais par curiosité, on préfère attendre un peu…

« Hé ! Qui tu es, toi ? Où est ton cartable ? »

C'est une voix métallique et niaise, sans expression. De près, ces créatures sont encore plus étonnantes. Leur peau est toute fripée, comme celle d'un vieux crapaud. Mais ce qui nous frappe, c'est leur air excessivement bête.

« Je… je m'appelle Simon… heu… et vous ?

— Nous sommes les Sotillons. Sots, pour les intimes. Mais, où est ton cartable ? »

Celui qui a parlé semble chercher un peu partout, à droite et à gauche.

« Les Sotillons ! Les Sotillons ! entonnent-ils d'un seul chœur, enchaînant aussitôt trois sauts périlleux arrière .

— Où est donc ton cartable ? Un écolier a TOUJOURS un cartable, marmonne un Sotillon, manifestement très étonné et même légèrement agacé, dirait-on. Oui, nous sommes les Sotillons, lutins démoniaques des écoles, descendants directs des grands esprits maléfiques de la forêt. Nous sommes nous-mêmes des esprits malins envoyés ici dans un but bien précis. »

Il fait une pause tout en cherchant quelque chose des yeux.

« Bon sang, où est donc ton cartable ?…

— Et quelle est cette chose bien précise ? s'empresse de questionner Simon.

— Les Sotillons ont investi l'école pour exercer le maléfice suprême : anéantir l'intelligence, le savoir, et faire régner

l'ignorance, la bêtise. Nous, les Sotillons, avons été créés pour que tous les êtres de la terre deviennent, comme nous, des imbéciles, des SOTS. Voilà pourquoi les gnomes que nous sommes portent ce nom de Sotillons qui leur va si bien ! Hi hi hi ! Et pour cela, il faut s'attaquer à la racine du mal, là où commence le savoir, l'intelligence, la culture, pouah ! J'ai nommé L'ÉCOLE ! »

À ce mot, il fait une horrible grimace et crache par terre.

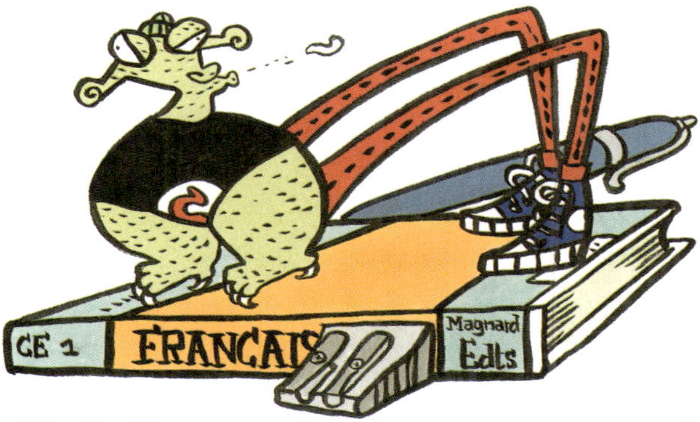

Puis il regarde encore autour de lui et murmure une nouvelle fois entre ses dents :

« Mais où est donc ce cartable ?

— Bien, dit Simon, vous êtes très intelligents… heu… pardon… très sots, mais comment vous y prenez-vous pour exercer ce maléfice ? »

Les Sotillons, visiblement sensibles au compliment, et surtout très niais, ne se font pas prier pour dévoiler bêtement leurs plans.

5

« *VOILÀ,* commence l'un d'eux après avoir tiré la langue d'une façon horrible en guise de prélude. *Nous nichons tout aplatis, car nous avons ce pouvoir, sous l'écorce de l'arbre et, dans la journée, nous nous introduisons subrepticement dans les cartables ouverts de ceux qui fréquentent l'école, entre deux pages d'un livre, par exemple. Eux ne voient rien, trop occupés qu'ils sont à amasser leur beau savoir tout neuf. Une fois chez eux, la nuit, lorsque leur esprit est bien endormi, nous nous y glissons aussi facilement que dans un cahier ouvert. Et là, nous échangeons toutes leurs connaissances entassées contre un autre tas, mais de sottises et d'âneries, celui-là. Le lendemain, le tour est joué. Celui qui se réveille n'est plus le même. Il est devenu un sot ! Nous, nous n'avons plus qu'à réintégrer le cartable, puis notre arbre… hi hi hi !…et nous voilà prêts à recommencer !… ha ha ha ! »*

Ils éclatent ensemble d'un rire sardonique qui se fige soudain dans une grimace grotesque et méchante.

« Bientôt, le maléfice sera partout. Après cette école, les Sotillons envoûteront d'autres écoles, et l'humanité entière deviendra sotte ! Nous allons bâtir le SOTIMONDE ! ! ! »

Simon, ébahi, se rassure un peu en pensant à son cartable qui dort gentiment dans sa chambre, chez lui. Il se sent aussi soulagé de savoir que ni lui, ni ses copains n'ont encore été touchés par le sortilège.

« Bien, maintenant, nous allons regagner notre arbre avant qu'il ne soit trop tard…

« Heu… attendez ! » crie Simon.

C'est le moment de jouer fin.

« Alors, comme ça, vous êtes invincibles, rien ne peut vous arrêter !

— On ne peut pas lutter contre la bêtise, elle est bien plus forte que l'intelligence, car elle est plus bête, tout simplement. Nous, Sotillons, ne craignons rien ! Rien ne peut nous anéantir !... excepté une SEULE chose... »

Ils se regardent misérablement, maintenant :

« Notre seule faiblesse, c'est elle... la chose qui tombe du ciel ... Pouah ! Et dire qu'une seule goutte de ce fléau peut nous détruire et détruire en même temps le maléfice... Une catastrophe ! Brr... rien que d'y penser... Rentrons vite, on ne sait jamais... De toute façon, tu ne nous intéresse pas, tu n'as pas de cartable !... »

Pareils à des diables s'échappant de leurs boîtes, ils disparaissent en un clin d'œil sous la porte.

6

« BANDE de sales galettes malfaisantes ! » chuchote Quentin, faisant sûrement allusion au pouvoir qu'ils ont de se ratatiner en deux dimensions.

On sort de notre cachette, complètement ahuris, et on s'installe en cercle dans un coin de la classe, éclairés seulement par la faible lueur de la lampe torche que j'ai trouvée dans l'armoire de la maîtresse.

« On a eu chaud ! » dit Adrien à mon intention.

Il est vrai que, comme nous n'étions pas rentrés chez nous après l'école, nous avions lui et moi nos cartables. Mais heureusement, les Sotillons n'ont pas décelé notre présence.

« Nous devons stopper le maléfice. Il faut trouver un moyen de défaire les Sotillons de ce pouvoir terrible !

— Facile à dire ! fait Adrien, mais comment ? Ils l'ont dit, ils sont invincibles !

— Pas tout à fait, le reprend Quentin. Souvenez-vous, ils ont dit qu'ils craignaient quelque chose…

— Oui, mais ils n'ont pas dit quoi, je rappelle.

— Attendez… essayons de nous souvenir… une chose qui tombe du ciel…

— La foudre ?

— Une météorite ?

— Non… ils ne seraient pas aussi apeurés… c'est sûrement quelque chose de plus courant… »

C'est incroyable à dire, mais nous calons ; un silence perplexe s'installe dans la classe sombre, silence duquel émerge bientôt un crépitement régulier. Nous tournons machinalement la tête vers la fenêtre.

« Tiens ! ça recommence, il tombe déjà quelques gouttes », dit Simon d'un ton maussade…

C'est à ce moment-là que Quentin pousse un cri qui nous fait sursauter :

« Des gouttes ! t'as dit des gouttes ! »

Ma parole, on dirait qu'il est devenu fou, lui aussi.

— Mais si ! mais c'est bien sûr ! rappelez-vous : « *une seule goutte de ce fléau peut nous détruire* ».

— Mais oui, s'écrie Adrien, le visage radieux de celui qui a compris. Celle qui tombe du ciel, en gouttes, c'est LA PLUIE ! ! ! »

L'eau, me dis-je : voilà donc ce que craignent ces sinistres gnomes. Nous tenons donc notre arme : reste à savoir comment s'en servir… »

L'idée ne met pas longtemps à germer dans nos quatre cerveaux pas encore touchés par le maléfice des Sotillons, ça se voit bien. Car il ne nous faut pas plus d'une minute pour mettre au point un plan d'action qui se veut radical.

« On n'a qu'à prendre mon cartable, propose Adrien.

— O.K. les gars, il faut faire vite ! Dans deux heures il fera jour, et alors il sera trop tard... »

Nous nous dirigeons vers l'arbre des Sotillons, sûrs de n'être pas repérés puisqu'ils sont sans doute terrés sous leur écorce, effrayés par la pluie qui ne cesse de tomber.

Là, juste devant, nous déposons le cartable d'Adrien, grand ouvert. Voilà, c'est tout, mais il fallait y penser.

Après, tout va très vite.

Nous retournons dans la classe pour attendre que la pluie cesse, et dans le but de voir notre plan se dérouler sous nos yeux… Ce qui ne manque pas d'arriver.

Cinq minutes à peine après que la pluie se soit arrêtée, un premier Sotillon pointe une tête hors de l'écorce, voit immédiatement le cartable et s'y précipite.

Un deuxième suit bientôt, qui, n'ayant pas vu rentrer le précédent, s'y engouffre également, et ainsi de suite jusqu'au septième.

Tout semble se dérouler au-delà de nos espérances. Ça a l'air presque trop facile. Nous nous précipitons dans la cour pour refermer le cartable. C'est marrant, la vie. À ce moment précis, les Sotillons croient certainement nous tenir, mais c'est nous qui les tenons… Car ce n'est pas dans notre sommeil que nous les emmenons maintenant…

On referme doucement la porte de l'école…

« Vite ! direction la rivière ! »

On essaie de ne pas courir, afin que nos pas fassent le moins de bruit possible sur la chaussée humide. Surtout, ne pas se faire repérer si près du but ! Enfin, on entend un grondement sourd et continu en amont : elle n'est plus très loin. On la connaît bien, notre rivière ; l'été, on s'y est baignés si souvent ! On est sûrs qu'elle va être ravie de nous rendre ce petit service…

Arrivés au bord, nous longeons la berge sur quelques mètres pour nous approcher de l'endroit où l'eau est la plus profonde. Là, on observe tous un instant de recueillement, et on chuchote d'une seule voix :

« Bille de verre, bille de bois
Le J.S.Q.A. vaincra ! »

Et on « balance » carrément le cartable et tous ses habitants au beau milieu de l'eau noire. Dans un tourbillon, on le voit s'enfoncer, ressortir, couler à nouveau, ressortir un peu plus loin dans le courant, puis disparaître tout à fait.

Pas un cri n'est venu troubler le silence de cette nuit étrange. Dès qu'ils touchèrent l'eau, les Sotillons furent détruits à tout jamais, ainsi que leur maléfice. C'est comme ça que l'école se trouva délivrée du sortilège.

ÉPILOGUE

« MAIS où est ton cartable ? » demande maman à Adrien ce matin au moment de partir à l'école.

Tiens, j'ai déjà entendu ça quelque part, se dit-il, à part lui-même en esquissant un sourire qu'elle ne voit pas.

« Hum… je crois que je l'ai perdu… Je t'expliquerai ce soir ! Je suis en retard… ! À ce soir, m'man !

— Adrien, mais quelle tête de linotte, tu ne changeras jamais ! »

Évidemment, maman ne saura jamais que sa « tête de linotte » est en fait un « cerveau » qui dénoue les énigmes les plus tordues et les plus dangereuses ! Bah ! N'est-ce pas le lot des grands esprits que de rester incompris... ?

Ce matin, à l'école, tout semble redevenu comme avant. Chacun a repris son rôle :

« Très bien, Lionel, dix sur dix. »

Madame Dubouleau, notre maîtresse, a repris son air sévère, le sourcil légèrement froncé.

Je profite d'un instant d'inattention de sa part pour montrer en cachette mes deux dernières billes à Quentin.

« Jules ! Quentin ! Vous parlez encore ! Vous me copierez dix fois chacun : je dois être responsable et ne pas gêner la classe ! »

On se regarde d'un air penaud, puis, malicieusement, Quentin me glisse à l'oreille :

« Hé ! finalement, c'était pas si mal du temps des Sotillons… ! »